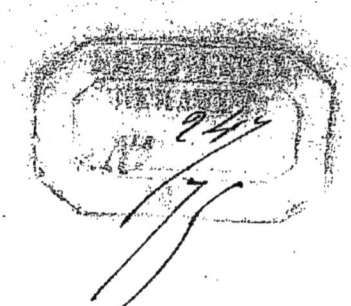

Montpellier

CANTIQUES

EN L'HONNEUR

DES SAINTES MARIES

~~~~~~~

Aux Saintes Maries de la Mer.

Le Christ expire au mont Calvaire !
Là commence un fleuve de sang ;
Etienne tombe sous la pierre,
Alphé se voit percer le flanc.
Le glaive à l'enfant, à la femme,
Ose descendre sans honneur ;
Il transperce des cœurs de flamme,
Mais le héros reste vainqueur.

Du Christ à la sainte alliance
L'Hébreux s'attaque le premier ;
Ce sang irrite sa vengeance,
Ce sang doit couler tout entier.
Soudain le troupeau de Solyme
Se voit dispersé dans les monts ;
La fureur cherche la victime
Dans les noirs antres des vallons.

Lazare, sorti de la tombe
A la voix du verbe incarné,
Vivant, dans le cachot retombe
Avec ses sœurs et Salomé ;
On voit dans ce groupe Marcelle,
Jacobé qui donna le jour
A Judas, disciple fidèle ;
Sara qu'enchaîne aussi l'amour.

Cependant d'illustres victimes
On craint en public le trépas ;
Tant de vertus et tant de crimes
Ont trop d'horreur et trop d'éclat.
La mer en secret, dans ses ondes
Remplira leurs timides vœux ;
Et dans ses retraites profondes
Recevra les martyrs des cieux.

Sur un navire sans cordage,
Sans voiles et sans aviron,
Le soldat pousse, dans sa rage,
Les saintes filles de Sion ;
Puis sur les vagues écumantes
Lance la barque au gré des eaux,
Et ces femmes, toutes tremblantes,
Vont périr au milieu des flots.

Lève-toi, mer ! et dans tes gouffres
Enchaîne les fiers ouragans,
Ne laisse sortir qu'un doux souffle
Pour le Seigneur et ses enfants ;
Un vent plus fort dans la nacelle
Jetterait le flot de la mer,
Et l'on verrait la barque frêle
Couler à fond comme le fer.

Rassurez-vous mères bénies,
L'Océan porte aussi Jésus ;
Rassurez-vous Saintes Maries,
La mer honore les vertus.
L'eau du déluge portait l'arche,
Et, sur le courroux du Seigneur,
La vertu du saint Patriarche
Planait sans crainte et sans terreur.

La brise, de sa douce haleine,
Cependant guide vers le Nord
Les martyrs sur l'humide plaine ;
De Sion disparaît le port.
Bientôt la cîme des montagnes
Ne laisse plus voir que les cieux,
Adieu nos fils et nos compagnes,
Nous pensions mourir sous vos yeux.

Elles sont loin de la patrie ;
La barque tourne le rocher ;
Toujours une brise bénie
Remplit les fonctions de nocher.
Ce vaisseau porte la prière,
Les flammes du divin amour ;
Ce vaisseau porte la lumière,
Comme l'aube porte le jour.

La barque sillonne les ondes
Quand des taches noires aux cieux,
Se dessinant comme des ombres,
Font reconnaître d'autres lieux.
Quoi du pays de la naissance
Le flot nous a-t-il rapprochés ?
Ciel ! éclaire notre espérance ;
Montre la vie ou les dangers.

L'ange de la mer conduit l'arche ;
Les martyrs approchent du port ;
Un mont reçoit le Patriarche,
Une île leur fragile bord.
Lève-toi, Gaule infortunée :
Un nouveau soleil d'Orient
Vient éclairer ta destinée ;
Il luit déjà dans l'Occident.

Heureuse île de la Provence
Reçois les hôtes du Seigneur !
C'est la divine Providence
Qui te ménage ce bonheur.
Saint Jean précéda le Messie
Sur les bords sacrés du Jourdain,
Pour toi, c'est Lazare et Marie ;
Le Verbe arrivera demain.

Le groupe martyr dans les ombres
Imite le Christ au désert ;
Au milieu de ces forêts sombres
Les vertus embaument les airs ;
Leurs mains vont cueillir la racine ;
Comme les timides agneaux,
Leurs corps reposent sur l'épine,
La ronce couvre leurs berceaux.

Un oratoire sur la rive
Unit à Dieu les Confesseurs :
La prière douce, plaintive
S'échappe à la fois de trois cœurs.
De l'Orient, bientôt un prêtre
Portera la vie en ces lieux ;
Sa voix, dans l'austère retraite
Appellera le Roi des Cieux.

De l'exil des pleurs, ces trois Anges
Prennent leur essor vers Jésus ;
Leur corps, au milieu des louanges,
Attend la gloire des élus :
Leurs os nous donnent des miracles :
L'aveugle y trouve le soleil ;
Le muet chante les oracles ;
La douleur goûte un doux sommeil.

Mères, au milieu de la gloire
Du monde et de l'éternité,
Dans les honneurs de la victoire
N'oubliez pas votre bonté ;
Glorieuses saintes Maries,
Priez pour nous dans le danger,
D'un saint bouclier couvrez nos vies,
Sur nos bords et chez l'étranger.

Du brillant soleil, à l'aurore,
Quel bonheur de voir les rayons !
Le premier fruit que l'astre dore
Est le plus beau de nos vallons.
  Désarmez le Christ,
  Désarmez le Christ
  Par vos prières.

Désarmez le Christ,
Désarmez le Christ,
Soyez au ciel nos bonnes mères.

Le Christ vous appelle, Maries,
A sa mère il doit cet honneur;
De la Vierge les sœurs bénies
Semblaient mériter ce bonheur.   Désarmez, etc.

La voix du Ciel porte des flammes,
Et l'on vit, de ses feux divins,
Le Christ ravir de simples femmes
A la hauteur des chérubins.   Désarmez, etc.

Quelle noblesse! quel courage!
De Jésus Pierre craint le sort.
Et des filles, malgré la rage,
Suivent le Christ jusqu'à la mort. Désarmez, etc.

Cœurs de granit, sur le Calvaire,
Debout jusqu'au dernier soupir,
Vous voyez mourir votre Père,
La nature entière frémir.   Désarmez, etc.

Le Christ n'est plus, la tombe s'ouvre,
Joseph y dépose son corps;
Pour un instant, la terre couvre,
Avec Jonas, tous vos trésors.   Désarmez, etc.

L'amour prépare, dans les larmes,
L'aloès, la myrrhe et l'encens;
Dès l'aurore, malgré les armes,
Le Christ recevra leurs présents. Désarmez, etc.

L'œil, étonné du tombeau vide,
Voit l'ange assis sur le linceul,
Et l'ange dit à leur foi vive :
Non, Jésus n'est plus au cercueil. Désarmez, etc.

La larme coule et les premières
Vous voyez la résurrection:
Allez, dit Jésus, bonnes mères,
Annoncez ma vie à Sion.   Désarmez, etc.

D'un feu divin, une étincelle
Embrase de nouveau ces cœurs,
Leur être entier se renouvelle,
Leur être est une vive ardeur.   Désarmez, etc.

Et cette ardeur toujours augmente;
La douleur, la peine, la mort,
Loin de leur porter l'épouvante,
Portent le désir d'un tel sort.   Désarmez, etc.

L'Hébreu n'ose, Saintes Maries,
Vous immoler à son courroux;
Mais, dans la mer ensevelies,
Les flots vont se fermer sur vous.   Désarmez, etc

L'onde connaît votre innocence
Quand elle voit, sans aviron,
Sans cordage, sous sa puissance,
La barque frêle de Sion.   Désarmez, etc.

Avancez sur l'humide plaine;
Mer, enchaîne tes ouragans;
Ange des flots, de ton haleine
Conduits les martyrs triomphants.   Désarmez, etc.

Réjouis-toi, belle Provence,
Voici les hôtes de Jésus;
Du ciel la douce Providence
T'envoie une arche de vertus.   Désarmez, etc.

Descendez de votre nacelle,
Arrivez sur le sombre bord;
Abandonnez la barque frêle,
Bénissez Dieu, voilà le port.   Désarmez, etc.

La faim va chercher la racine,
La grâce y donne une saveur ;
Le corps repose sur l'épine,
Mais l'épine a ceint le Sauveur.   Désarmez, etc.

Un autel, dans la solitude,
S'élève sur le bord de l'eau;
L'hostie est votre quiétude,
Vos cœurs, le prêtre, le flambeau.   Désarmez, etc.

Le ciel entend votre prière,
Et déjà le vent d'Orient
Sur la mer vous amène un père,
C'est Trophime dans l'Occident.   Désarmez, etc.

Vos jours coulent comme des ombres;
Vous n'êtes plus et, dans les airs,
Vos âmes, comme des colombes,
Volent au roi de l'univers.   Désarmez, etc.

Vos corps, dans un temple de gloire,
Cueillent jusqu'à la fin des temps
Les saints lauriers da la victoire,
Au milieu de fleurs et d'encens.   Désarmez, etc.

Dieu vous couronne de miracles,
La mer reconnaît votre bras ;
Sa fureur, à vos tabernacles,
S'arrête et recule à grand pas.   Désarmez, etc.

Le sourd écoute la prière ;
Le muet chante le Seigneur ;
L'aveugle y trouve la lumière ;
Le remords, la paix, la douceur.   Désarmez, etc.

CANTIQUE

POUR ÈTRE CHANTÉ AVANT LA COMMUNION.

Sur cette terre
Oublions nos misères.
Chantons en chœur,
Réunissons nos cœurs.
O Saintes Maries,
Patrounes chéries,
O Saintes Maries *(bis)*,
Exaucez nos vœux.

Amantes chéries,
Amantes chéries,
Amantes chéries,
Du divin Sauveur.
O Saintes Maries,
Patronnes chéries
O Saintes Maries *(lis)*,
Embrasez nos cœurs.

Sur le Calvaire,
Sur le Calvaire,
Sur le Calvaire,
Vous suivez Jésus.
O Saintes Maries,
Patronnes chéries :
O Saintes Maries *(bis)*,
Donnez-nous vos vertus.

Vous portez du baume,
Vous portez du baume,
Vous portez du baume,
Au divin Sauveur.
O Saintes Maries,
Patronnes chéries,
O Saintes Maries *(bis)*,
Embrasez nos cœurs.

Le divin Maître,
Le divin Mnître,
Le divin Maître,
Descend dans nos cœurs.
O Saintes Maries.
Patronnes chéries,
O Saintes Maries *(bis)*,
Donnez-nous vos ardeurs.

Priez, ô Maries,
Priez, ô Maries,
Priez. ô Maries,
Ah! priez pour nous,
O Saintes Maries,
Patronnes chéries,
O Saintes Maries *(bis)*,
Bénissez-nous tous.

Qu'après cette vie,
Qu'après cette vie,
Qu'après cette vie,
Nous puissions, anx cieux,
Avec vous Maries,
Patronnes chéries,
Avec vous Maries *(bis)*
Aimer, béuir Dieu.

Chanter sa puissance,
Bénir sa clémence,
Et voir sa présence,
Toujours, à jamais;
Avec vous Maries,
Patronnes chéries:
Avec vous Maries *(bis)*,
Au séjour de paix.

AUTRE CANTIQUE

Ces saintes, pieuses, sages,
Portent le baume au Seigneur;
Quittant leurs biens, leurs ménages,
Pour suivre le Rédempteur.

Courons aux Saintes Maries,
Pour leur donner notre foi;
Que nos cœurs se multiplient
Pour Jésus-Christ et sa croix.

Nous Chrétiens, d'un cœur sincère,
Prenons pour guide la vertu,
Elle bannira la misère,
En marchant avec Jésus. Courons, etc.

Jacobé, la sœur aimable,
Et la chaste Salomé,
Sainte Vierge incomparable,
Vous prierons pour jamais. Courons, etc.

Furent chassées de la Judée,
Mises en barque sans provisions;
Le grand Dieu les a conservées;
Sans voile le vent fut bon. Courons, etc.

Dans une île de Provence
Viennent habiter ces lieux;
Réné, ce roi de clémence,
Les combla de tous les vœux. Courons, etc.

Contre cette sainte famille
Il y a tant de persécuteurs,
Votre esprit sera fertile,
Vous trouverez le bonheur. Courons, etc.

Quelques années furent écoulées
Dans cette sainte Sion,
Et son Dieu les a appelées,
Pour montrer la guérison. Courons, etc.

Chrétiens soyons plus fidèles,
A l'exemple du bon larron:
Pour guider notre nacelle,
Nos pasteurs sont les patrons. Courons, etc.

En chantant votre cantique
Je m'exprime à votre loi,
Mon corps sera véridique,
Pour m'en conserver la foi. Courons, etc.

LE PILOTE DÉVOT A MARIE.

Dans ce triste pélerinage.
Marie adoucit tous les maux ;
Elle garantit du naufrage
Ma barque errante au gré des flots.
Si la tempête rompt ma voile
Et me rejette loin du bord,
Marie est la brillante étoile *(bis)*
Qui me ramène dans le port. *(bis)*

Que j'aime à voir sur la colline
Ce temple et ces autels sacrés
Dont l'ombre sainte qui s'incline
Se peint dans les flots azurés !
C'est là que cette tendre mère
Prête l'oreille à nos sanglots,
Et comme un ange tutélaire
Veille au salut des matelots

Quand la douce main de l'aurore
Soulève le voile des nuits,
Quand la voix de l'airain sonore
Vole sur les flots endormis;
Bercé sur l'onde transparente,
Je chante un cantique d'amour
A cette vierge ravissante,
Qui fut l'aurore d'un grand jour.

Oh ! que j'aime à chanter Marie !
Son nom d'une aimable douceur
Inonde mon âme attendrie,
Il fait ma joie et mon bonheur.
A ce nom, la vague écumante
Dépose humblement son courroux;
Les zéphirs vers ma barque errante
Accourent à ce nom si doux.

Ma Mère m'apprit à redire
Ce nom sacré dès mon berceau;
En lettres d'or je veux l'écrire
Sur la poupe de mon bateau.

Les vents et la mer en furie.
Viendraient en vain me submerger,
Caché sous l'aile de Marie
Je ne redoute aucun danger.

Lorsqu'au déclin de ma carrière
Ma main oubliera l'aviron,
Aux piliers de son sanctuaire
Je suspendrai mon pavillon.
Ma prière, au jour des tempêtes,
Sera pour les navigateurs;
Au jour de ses aimables fêtes
Je la couronnerai de fleurs.

Quand, de la mort prenant les ailes,
Je m'envolerai vers les cieux,
Je veux que ses mains paternelles
Me ferment doucement les yeux.
On ne gravera sur ma tombe
Que les emblêmes de la paix :
Son nom, des fleurs, une colombe,
Pour marquer combien je l'aimais.

Je suis Chrétien.

REFRAIN.

Je suis chrétien, c'est là ma gloire,
Mon espérance et mon soutien,
Mon chant d'amour et de victoire.
Je suis chrétien, je suis chrétien.

Je suis chrétien, en mon baptême,
Dieu dans mon cœur grave sa loi,
Je fus marqué du sceau suprême,
Sa grâce vit et règne en moi.

Je suis chrétien, j'ai Dieu pour père,
Je veux l'aimer et le servir,
Avec sa grâce tutélaire
Je veux, pour lui, vivre et mourir.

Je suis chrétien, je suis le frère
Du Christ Jésus mon Rédempteur,
L'aimèr, le suivre et le complaire
Fera ma gloire et mon bonheur.

Je suis chrétien, je suis le temple
Du Saint-Esprit, du Dieu d'amour;
Celui que tout le ciel contemple,
En moi veut faire son séjour.

Je suis chrétien, ô sainte église,
Je suis fier d'être votre enfant,
Et de ma foi toujours soumise,
Mon cœur suivra l'enseignement.

Je suis chrétien, sur cette terre
Je passe comme un voyageur,
Je vais au ciel dans la lumière
Puiser la vie et le bonheur.

GLOIRE A MARIE.

Unis aux concerts des Ages,
Aimable reine des cieux,
Nous célébrerons tes louanges
Par nos chants mélodieux.

Chœur.

De Marie
Qu'on publie
Et la gloire et les grandeurs;
Qu'on l'honore,
Qu'on l'implore,
Qu'elle règne sur nos cœurs.

Auprès d'elle la nature
Est sans grâce et sans beauté;
Les cieux perdent leur parure,
L'astre du jour sa clarté.   De Marie, etc.

C'est le lis de la vallée,
Dont le parfum précieux
Sur la terre désolée
Attire le roi des cieux.　　　De Marie, etc.

C'est l'auguste sanctuaire
Que le Dieu de majesté
Inonda de sa lumière,
Embellit de sa beauté.　　　De Marie, etc.

C'est la vierge incomparable,
Gloire et salut d'Israël,
Qui pour un monde coupable
Fléchit le courroux du Ciel.　　　De Marie, etc.

Pour tout dire, c'est Marie :
Dans ce nom que de douceur !
Nom d'une mère chérie,
Nom, doux espoir du pécheur.　　　De Marie, etc.

Ah ! vous seuls vous pouvez dire,
Mortels, qui l'avez goûté,
Combien doux est son empire,
Combien grande est sa bonté.　　　De Marie, etc.

Qui jamais de la détresse
Lui fit entendre le cri,
Et n'obtint de sa tendresse
Sous son œil un sûr abri ?　　　De Marie, etc.

Vous qui d'un monde perfide
Craignez les puissants appas,
Si Marie est votre guide,
Non, vous ne périrez pas.　　　De Marie, etc.

En vain la mer en furie
Frémirait autour de vous,
Si vous invoquez Marie,
Vous braverez son courroux.　　　De Marie, etc.

Oui, je veux. ô tendre mère !
Jusqu'à mon dernier soupir,
T'aimer, te servir, te plaire,
Et pour toi vivre et mourir.　　　De Marie, etc.

Cantique au Saint-Sacrement

REFRAIN.

Le voici l'agneau si doux,
Le vrai pain des anges,
Du ciel il descend pour nous,
Adorons-le tous.

C'est un tendre père,
C'est le bon pasteur,
Un ami sincère.
C'est notre Sauveur.

C'est l'amour suprême
Trésor des vertus ;
C'est le Ciel lui-même
Puisque c'est Jésus.

C'est la sainte hostie
Le vrai pain des Cieux,
D'éternelle vie
Gage précieux.

Céleste modèle
D'aimable douceur,
Tous il nous appelle,
Courons à son cœur.

Le Dieu de lumière,
Astre bienfaisant,
Entend la prière
Du pauvre et du grand.

Au meilleur des pères.
Ah ! venons ouvrir

Toutes nos misères
Qu'il veut secourir.

Disons-lui nos peines,
Toutes nos douleurs ;
Il rompra nos chaînes,
Ravira nos cœurs.

De notre faiblesse
Il aura pitié,
De notre tristesse
Prendra la moitié.

Sa sainte présence
Remplit notre cœur
De reconnaissance,
D'amour, de bonheur.

Dans ce saint mystère
Quel bien infini !
Le Ciel et la terre
Y sont réunis.

Arche d'alliance
D'éternels secours,
Avec confiance
Allons-y toujours.

CANTIQUE NATIONAL

—⌒⌒⌒—

Pitié, mon Dieu ! c'est pour notre patrie
Que nous prions au pied de cet autel
Les bras liés et la face meurtrie.
Elle a porté ses regards vers le Ciel.

REFRAIN.

Dieu de clémence,
O Dieu vainqueur,
Sauvez Rome et la France
Par votre Sacré Cœur !

Pitié, mon Dieu ! Sur un nouveau Calvaire,
Gémit le chef de votre Église en pleurs ;
Glorifiez le successeur de Pierre
Par un triomphe égal à ses douleurs.

Pitié, mon Dieu ! la Vierge immaculée
N'a pas en vain fait entendre sa voix ;
Sur notre terre ingrate et désolée
Les fleurs du Ciel croîtront comme autrefois.

Pitié, mon Dieu ! pour tant d'hommes fragiles
Vous outrageant, sans savoir ce qu'ils font ;
Faites renaître en traits indélébiles
Le Sceau du Christ, imprimé sur leur front !

Pitié, mon Dieu ! votre cœur adorable,
A nos soupirs ne sera pas fermé :
Il nous convie au mystère ineffable
Qui ravissait l'apôtre bien-aimé.

Pitié, mon Dieu ! trop faibles sont nos âmes
Pour désarmer votre juste courroux ;
Embrasez-les de généreuses flammes
Et rendez-les moins indignes de vous !

Pitié, mon Dieu ! si votre main châtie
Un peuple ingrat qui semble la braver,
Elle commande à la mort, à la vie,
Par un miracle elle peut nous sauver.

LITANIES DES SAINTES MARIES.

Seigneur, ayez pitié de nous.   Christ, ayez pitié de nous.
Seigneur, ayez pitié de nous.   Christ, écoutez-nous,
           Christ, exaucez-nous.

Dieu le père, qui êtes aux cieux, ayez pitié de noùs.
Dieu le Fils, Rédempteur du monde, ayez pitié de nous.
Dieu le Saint-Esprit, ayez pitié de nous.
Trinité Sainte, qui êtes un seul Dieu, ayez pitié de nous.
Sainte Marie *Jacobé*, sœur de la mère de Jésus, priez pour nous.
Sainte Marie *Salomé*, mère de Jacques et Jean, apôtres de
    Jésus, priez pour nous.

Stes Maries, qui avez assisté sur la terre le Sauveur Jésus,
Stes Maries, qui avez suivi sur le Calvaire le Sauveur Jésus,
Stes Maries, qui avez été au sépulcre pour embaumer le
    corps de Jésus,
Saintes Maries qui avez appris de la bouche d'un ange la
    résurrection de Jésus,
Stes Maries qui avez les premières annoncé la résurrection
    de Jésus,

Priez pour nous.

Saintes Maries qui avez secouru et consolé dans sa vieillesse
    la mère de Jésus, priez pour nous.
Saintes Maries qui avez souffert la persécution pour la foi de
    Jésus, priez pour nous.
Saintes Maries qui avez été exposées aux dangers de la mer
    pour votre fidélité à Jésus, priez pour nous.
Saintes Maries qui, par vos exemples et vos leçons, avez
    converti des infidèles à Jésus, priez pour nous.
Saintes Maries qui êtes mortes dans la foi et la grâce de
    Jésus, priez pour nous.

Soyez-nous propice, Seigneur, pardonnez-nous.
Soyez-nous propice, Seigneur, pardonnez-nous.
Par l'intercession des Saintes Maries, exaucez-nous.
De tout péché, délivrez-nous Seigneur.
Du naufrage et de l'inondation, délivrez-nous.
Du mal de la rage, délivrez-nous.
De la peste et de la famine, délivrez-nous.
De tout mal épidémique, délivrez-nous.
De la mort éternelle, délivrez-nous.
Fils de Dieu, écoutez-nous, s'il vous plaît.

Agneau de Dieu, qui effacez les péchés du monde, pardonnez-nous, Seigneur,

Agneau de Dieu, qni effacez les péchés du monde, exaucez-nous, Seigneur.

Agneau de Dieu, qui effacez les péchés du monde, ayez pitié de nous, Seigneur.

Christ, écoutez-nous. Christ, exaucez-nous.

Seigneur, ayez pitié de nous.

Hymne à la Sainte Vierge.

Ave maris stella,
Dei mater alma
Atque semper Virgo,
Felix cœli porta.

Sumens illud ave
Gabrielis ore,
Funda nos in pace,
Mutans Evæ nomens.

Solve vincla reis
Profer lumen cæcis.
Malas nostra pelle,
Bona cuncta posce.

Nostra te esse matrem,
Sumat per te preces ;

Qui pro nobis natus
Tullit esse tuus.

Virgo singularis,
Inter omnes mitis,
Nos culpis solutos
Mites fac et castos.

Vitam, præsta puram,
Iter para tutum,
Ut videntes Jesum,
Semper collætemur.

Sit laus Deo Patri,
Summo Christo decus
Spiritui Sancto,
Tribus honor unus. Amen.

Montpellier, imprimerie L. Cristin et C⁰, rue Vieille-Intendance, 5.

www.ingramcontent.com/pod-product-compliance
Lightning Source LLC
Chambersburg PA
CBHW061523170626

46811CB00004B/1813